EPÎTRES LIBÉRALES

EN VERS.

De l'Imprimerie de C.-F. PATRIS , rue de la Colombe ,
n° 4 , quai de la Cité.

EPÎTRES LIBÉRALES

EN VERS,

ou

SATIRES

(COMME ON VOUDRA)

A MES SOULIERS, AUX ARTS, A RIEN,

PAR A. A. de Beaufort Dauberval.

Auteur de plusieurs ouvrages imprimés en France et chez l'étranger,
entre autres de deux volumes in-8° de Contes érotico-philosophiques,
dont la seconde édition se prépare à Londres.

Luge, pauper, dives ride!

PRIX, 2 fr.

A PARIS,

CHEZ TOUS LES MARCHANDS DE NOUVEAUTÉS,
ET CHEZ L'AUTEUR, RUE BOURBON-VILLE-NEUVE

1819.

Je soussigné, auteur et seul éditeur de ces trois Epîtres en vers, déclare que je poursuivrai devant les tribunaux tout éditeur, contrefacteur et colporteur, et ne reconnais pour véritables exemplaires de ces Epîtres que ceux qui seront revêtus de ma signature.

Paris, ce   1819.

ÉPÎTRE

A MES SOULIERS.

——

C'EST à vous, mes souliers, que je prétends parler,
A vous, qui tant de fois m'avez su consoler
De l'orgueil insolent des Midas à voiture,
Dont la fortune immense au pauvre fait injure.
A ce mot de souliers, je vois plus d'un censeur
Froncer les deux sourcils et s'armer de rigueur :
Permis à ces messieurs, et que de leur satire
Le fouet vif et sanglant éclate et me déchire ;
Je subirai leurs coups, si tel est leur désir.
Chers souliers, il me plaît de vous entretenir :
Je vous aime bien mieux que les sots de nos villes;
Ils seront toujours nuls, et vous toujours utiles.

Vous, qui de nos Phrynés mendiez les faveurs,
Par des vers aussi froids que leur âme glacée;
Qui louez de leur teint les brillantes couleurs,
Que l'art a su broyer pour leur beauté passée !
Vous, flatteurs soudoyés par l'argent mal acquis
Des modernes Mondors tout fraîchement marquis !

Je ne chanterai point sur ma lyre insensée
Leurs vices, leur livrée, encor moins leurs chevaux
Qui semblent, au fracas de leur marche pressée,
Tout fiers d'éclabousser ultras et libéraux,
Qui jurent, franchissant la boue et les ruisseaux
Que franchit avec eux leur fougueuse pensée :
Je ne chanterai point la sottise et les sots,
Que roule insolemment leur calèche élégante :
L'un chante la clef d'or, un autre les lauriers,
Celui-ci les poltrons, celui-là les guerriers ;
Tel déprise une chose, et tel autre la vante.

Sedaine, dans l'accès d'un satirique esprit,
Que la vérité pousse et la grâce conduit,
A son habit adresse une épître charmante,
Dont le but est moral, dont la forme est piquante,
Et qui sert de miroir à tous nos financiers.
Son épitre pour moi vaut dix tomes entiers.
Puissent de son habit approcher mes souliers!
Ce jour-là le poète était vraiment en verve,
Et, le fouet à la main, Sedaine était Minerve.

La voiture du pauvre a bien quelque mérite;
La voiture du riche a vitesse et splendeur,
Mais s'use bien plus tôt en allant bien plus vite.
L'honneur qui marche à pied, n'en est pas moins l'honneur,
Et l'on voit trop souvent l'infamie en carrosse;
Les vertus font l'évêque encor plus que la crosse.

De mes pieds agissants, ô vous, libre prison!

Souliers chéris ! valets soumis à mon courage,
Défenseur déclaré des droits de la raison !
Combien de fois, hélas ! pour fuir de l'esclavage
Les liens argentés, que méprise le sage,
M'avez-vous présenté vos obligeants secours !
Grâces à vous, j'ai vu les intrigues des cours,
D'impuissants protecteurs les perfides promesses,
D'avilis protégés les flatteuses caresses,
Des places à l'encan le renaissant concours,
Et partout des hauteurs, et partout des bassesses.
Grâce à vous, chers souliers, que je renouvelais,
Comme ces gens usés qu'on voit dans nos palais,
Comme ces vieux amants de trop jeunes maîtresses,
Comme tous ces faquins de nos cabriolets,
Intrigants déhontés, affichant leurs faiblesses,
Qui, venus à Paris, sans vous et sans habit,
Ont, par la honte, acquis de l'or et du crédit,
Et font, à volonté, quand aux Chambres on entre,
Prononcer pour ou contre, et droite et gauche et centre.

D'où vient donc un pouvoir si perfide et subit ?
Souliers, si vous parliez, vous diriez ce qu'on dit,
Que c'est un talisman, un tour de politique,
Qui veut paralyser la fortune publique.
Parvenir, sans souliers, au faîte de l'éclat,
Tout faire et ne rien craindre est un vrai coup d'état.

Vous, que j'ai trop usés pour moins m'user moi-même,
Pour observer de près houlette et diadême,

Pour mettre à leur valeur les petits et les grands,
Ultras et libéraux, Vendéens, doctrinaires,
Ignorantins, savants, jusqu'aux missionnaires;
Je n'oublîrai jamais vos secours importants,
Je vous entretiendrai le plus long-temps possible,
Pour que le mal caché cesse d'être invisible,
Et qu'une fois connu l'on puisse l'éviter.
Je jure ici, par vous, de ne point vous quitter !
Faites qu'un faux orgueil jamais ne me réveille,
Pour monter en voiture aux dépens de l'honneur.

Chers souliers, je vous vois aux pieds du grand Corneille
Du théâtre français l'immortelle splendeur,
Vous faisant rajuster, le jour ou bien la veille
Que l'on donnait son Cid, quand le lourd Chapelain
L'éclaboussa, roulé dans sa lourde voiture,
Que traînaient deux chevaux d'aussi lourde encolure.
De l'utile artisan en sortant de la main,
Le grand Corneille à pied galoppait au Parnasse ;
Et de sa vanité traînant l'énorme masse,
Dont le fardeau l'accable et va toujours croissant.
Chapelain en carrosse arrivait au néant.
Le soulier de Corneille est un char de victoire,
Le char de Chapelain est un *rebrousse-gloire.* *

Souliers, vous mes amis ! Quand j'en verrai de faux,
Lorsque sur mon chemin je trouverai la brigue,

* L'auteur a fait cette espèce de barbarisme pour mieux peindre ce
rimeur barbare.

L'amb.tion, les sots, la vanité, l'intrigue,
'orgueil, la trahison, pépinière de maux,
Ces bas valets, poison des rois et des ministres,
De tous gouvernemeǹts le pire des fléaux;
Pour ne jamais tomber dans leurs piéges sinistres,
Pour me conserver libre et tout à l'amitié,
Je prends votre voiture,.. et je lève le pié.

ÉPÎTRE

AUX ARTS.

Facit indignatio versum.

ÉPÎTRE

AUX ARTS.

Arts, mes amours! Libres enfants
De l'homme industrieux! Orgueil de son génie!
De l'univers l'âme et la vie!
Des cœurs bien nés nobles amusements!
Fuyez, fuyez loin de la tyrannie,
Loin de l'esclavage qui lie
Le pinceau, le burin, et les divins élans
De la pensée et des talents!

A chanter vos nobles merveilles,
Malgré le joug de fer qu'on veut vous imposer
Je consacre mon temps, mes veilles;
Et des Midas du jour, qu'on veut diviniser,
Je vais montrer le poil et les oreilles.

Combien d'ânes dorés, aussi vains qu'ignorants,
Insultent au génie, insultent au mérite,
Pour protéger tous ces flatteurs rampants
Formant la moitié parasite,
De l'univers, fléaux de la société!

3

Protecteurs, protégés, sont de la même espèce,
   Ils restent nuls devant leur nullité ;
   Et le talent à la célébrité
Marche d'un pas rapide, et s'assied au Permesse.
Phidias, Praxitèle, Appelle et vous, Zeuxis,
Homère, Démosthène, Anacréon, Virgile,
Cicéron, Euripide, Anaximandre, Eschyle,
Sophocle, Aristophane, et vous, rivaux amis,
Modèles des talents, leurs successeurs chéris,
Par qui la vérité dans tous les cœurs s'imprime,
Par qui tout ce qui fut élégant, beau, sublime,
Dans Rome, dans Athène, et dans tous les pays,
Parvint au double-mont dont vous touchez la cime,
Salut, trois fois salut ! Dignes fils d'Apollon,
    De Melpomène, d'Uranie,
    De Minerve et de Polymnie,
    Ornements du sacré vallon,
Dont l'immortel écho fait retentir le nom !

   O vous ! l'honneur de l'Euphrate et du Tibre !
Si vos noms glorieux sont venus jusqu'à nous,
Si, vos imitateurs, nous revivons par vous,
C'est que rien n'arrêta des arts la course libre;
    C'est que, semblable au cours majestueux
    De ces deux fleuves, la pensée,
Vers le beau, vers le vrai, librement élancée,
Eclaira l'univers par ses jets lumineux.

Parurent tout-à-coup Plutarque, Thucydide,

Socrate, Xénophon, Platon, Tacite, Euclide.
Les temps sont bien changés; tout dégénère, hélas!
Consolez-vous; vos noms survivent au trépas.
 Tout disparaît, fortune, diadème,
Il ne reste rien d'eux dans la postérité;
Le temps dévore tout, hors l'immortalité:
 Le temps ne peut se dévorer lui-même.

En dépit des tyrans, libres enfants des arts,
Vous vivrez donc toujours: de toutes parts, vos restes,
 Bravant les ravages de Mars,
 Le feu, la famine, les pestes,
Sont encore debout, pour dire aux voyageurs:
« Les siècles ont passé sur la Grèce et sur Rome;
» De la guerre et du temps les fléaux destructeurs,
» Et cette ambition, ce tyran né de l'homme,
 « L'artisan de tous ses malheurs,
» Sous des monceaux de cendre ont mis Tyr et Carthage,
» Ont brisé l'ouvrier, sans briser son ouvrage. »

Ennemis de la gêne, ô vous, arts bienfaisants,
 Vous, qui du temps bravez l'outrage,
 Qui faites passer d'âge en âge
Cette émulation, mère des grands talents!
Recevez le tribut de mon sincère hommage,
 Echauffez toujours mes accents,
 Embellissez tous mes moments!
Le pinceau, le burin, le ciseau, l'épopée,
 L'histoire, en cent traits différents,

Tous, sublimes et vrais, ont à la faux du Temps
Arraché Romulus, et César, et Pompée,
Brutus, Coriolan, Annibal, Scipion,
Régulus, Scévola, Lucrèce, Cornélie,
Marc-Aurèle, Titus, Lycurgue, Phocion,
Cléopâtre, Aria, Pœtus et Virginie.
En peignant de grands traits s'agrandit le génie;
C'est ainsi que fut grand le chantre d'Ilion.

Et de nos jours, Corneille, et Racine, et Molière,
Et, leur émule heureux, l'ingénieux Voltaire,
Aussi grands que leur siècle, ont laissé derrière eux,
A leurs imitateurs bien peu de chose à dire;
Du monde littéraire ils gouvernent l'empire.

Ne pouvant égaler ces modèles fameux,
Désespérant d'atteindre à leurs noms glorieux,
Le Français, dans son goût pour les métamorphoses,
Aux épis de l'histoire a préféré les roses.
Le grand pour un moment fit place au gracieux;
Pour embellir les mots, l'esprit gâta les choses,
En répandant partout son air contagieux.
   De là, combien de pauvres renommées!
     Moins d'Hercules que de Pygmées!
   Nulle aptitude à vaincre le danger;
On laissa le solide, on chercha le léger.
    Le vrai disparut comme un songe;
En peinture surtout, on voulut du joli,
    De l'ébauché, rien de fini.

La vérité, que chassa le mensonge,
Qui s'enorgueillissait d'avoir atteint le but,
Revenant d'Italie, en France reparut.

  Boucher, Fragonard, comme une ombre,
Disparurent soudain pour ne plus revenir;
Le plus pur jour succède à la nuit la plus sombre,
Et ranime les arts qui s'en allaient mourir.

Ces fiers Italiens, en musique, en peinture,
Ont pris, bien avant nous, sur le fait la nature;
A peine marchons-nous, quand on les voit courir.
Le correct Raphaël, le Guide, le Corrège,
Le fougueux Michel-Ange et le Dominiquin,
  Et le Carrache, et le Romain,
  Enfin tout l'aimable cortège
Des peintres immortels, dont les divins tableaux
  Désespèrent tous leurs rivaux,
Ont ramené le goût de cette antique école,
  La richesse du Capitole.

Des émules nombreux, brûlés à leur aspect
De ce feu ravissant qu'allume un saint respect,
S'armèrent tout-à-coup de la plus noble envie,
  Et, dans l'élan de leurs transports fougueux,
Saisissant la palette, invoquant leur génie,
Imitent leur manière, et, peignant d'après eux,
De ces originaux sont fiers d'être copie.
C'est en les admirant qu'ils se font admirer :
Dans leur fougue pourtant on les voit s'égarer;

Le talent sans écarts est toujours ordinaire.
Le génie, en sa course, est comme le guerrier,
　　Et, pour cueillir un immortel laurier,
　　Il faut souvent se montrer téméraire;
　　　　J'en appelle à nos vieux soldats.
Tel se montre David dans son Léonidas :
Raphaël avoûrait et sa force et ses grâces,
Il n'aurait pas mieux peint le serment des Horaces.

Elèves de ce peintre, aujourd'hui sans rivaux,
Voulez-vous, comme lui, vivre dans vos tableaux?
Ne vous écartez point de son goût pour l'antique ;
Evitez le moderne et toutes ses fadeurs ;
A la vigueur du trait mariez les couleurs,
Qu'à peindre toujours vrai votre talent s'applique ;
A la correction du plus moelleux dessin
Joignez du coloris le choix aimable et fin,
Et tâchez d'approcher de sa touche énergique.

Orgueilleuses cités, si vous êtes encor,
　　　Grands hommes de toutes les classes,
Si l'on parle de vous, aux arts rendez-en grâces :
Le clinquant peut briller, mais l'or est toujours l'or.
Sans l'Homère divin parlerait-on d'Achille ?
Auguste serait mort sans l'immortel Virgile.
　　　Rois, qui mourez sans avoir existé,
Voulez-vous voir vos noms inscrits sur le grand livre
Des filles de Mémoire et de l'éternité,
Au delà du tombeau, voulez-vous encor vivre?

N'attaquez donc jamais des arts la liberté,
Honorez-les toujours, caressez le génie;
Et les vôtres et vous, par le temps dévorés,
Après la mort, vous leur devrez
L'éclat d'une nouvelle vie.

ÉPÎTRE

A RIEN.

Mundus de nihilo factus est ; indè
hominum plurima pars nihil valet.

ÉPÎTRE

A RIEN.

RIEN! Toi qui te crois tout! J'ai beaucoup à te dire;
Celui qui ne sait rien, pour savoir doit s'instruire.
Par exemple, dis-moi comment cela se fait
Que le savoir réel le cède au savoir faire,
Que *rien* passe pour tout, la vertu pour forfait,
Pour braves les poltrons, pour factieux Voltaire,
Rousseau, Mably, Raynal, Grégoire, Bérenger,
Et de la liberté *l'impérissable* élite?
Pourquoi de mon pays toujours croît le danger?
Pourquoi de l'intérêt la plante parasite
Se nourrit tous les jours de son suc nourricier?
Et pourquoi le chardon insulte le laurier?

Roi des futilités, *rien*, si puissant en France!
Qui te crois quelque chose en gouvernant des riens!
Par quel ressort magique, et par quelle influence,
Fais-tu, quand tu le veux, des maux de tant de biens?
Comment Nestor est-il hochet du jeune Ulysse?

La vertu se laisser conduire par le vice,

La raison par l'erreur, tout le bien par le mal,
Le libre par l'esclave, un brave par un lâche,
Le vrai par le sophisme ! O désordre fatal !
Quoi ! De *rien* contre tout conspirer est la tâche !

Le bien particulier naît du bien général ;
Et, par l'affreux calcul du machiavélisme,
Tout par la liberté, tout par le despotisme,
Pour un rien tu te fais ultra de libéral,
Et libéral d'ultra, selon que le vent change !
« N'est-ce pas là jouer son rôle comme un ange,
Disent les gens de *rien* ? » C'est le jouer en sot,
Dit soudain la raison, et la raison le prouve.
De l'énigme de *rien* tout le monde a le mot,
Rien ne peut être tout, et *rien* dans *rien* se trouve.
Tout bas la cour le dit, moi, je le dis tout haut.

Gens comme il ne faut pas, sont-ils gens comme il faut ?
Non, dit l'écho public : cependant on s'assemble,
Et pour bien s'assembler, il faut qu'on se ressemble.
Sottise est d'un côté, de l'autre est la raison,
La volonté de tous fixant l'opinion.
Au centre *tout et rien, et pour tous est la charte*.
Hélas ! Tout est perdu s'il faut qu'on s'en écarte ;
C'est notre arche sacrée, et malheur à celui
Qui ne veut pas y voir l'inviolable appui
Des droits du citoyen, de l'autel et du trône !
Mérite le mépris souvent celui qu'on prône :
Je juge sur des faits, et jamais sur des mots.

Quand je forme un projet, je songe aux conséquences,
Et le bien présenté cache souvent des maux ;
Du plaisir d'un moment naissent longues souffrances.
J'observe de sang-froid nos modernes puissances,
Et ne m'aveugle pas à l'éclat du crédit :
Le commerce et l'état savent ce qu'il en coûte
D'acheter leur splendeur par une banqueroute,
Dont tous les gens de rien retirent le profit.

Piétons-nous donc ici contre la politique,
Qui mine sourdement les courageux desseins
De tous les vrais amis de la chose publique :
Regardons à leurs faits, et surtout à leurs mains.

Dans ces libres débats, si jamais *rien* propose
Sur le destin sacré des peuples et des rois,
Dans vos plans libéraux quelque métamorphose,
Vous, choisis par l'état, pour défendre nos droits,
Contre les gens de rien, que tout fit quelque chose,
Mandataires du peuple et du trône et des lois,
Que *rien* ne vous séduise, et, fiers d'un si beau choix,
Que tout par la raison se règle et se dispose.

Alors le Temps, assis sur les siècles passés,
Retraçant nos malheurs à sa vaste mémoire,
Ecrira de sa faux sur l'airain de la gloire :
« La France est libre enfin, ses maux sont effacés
» Sur les feuillets de sang du livre de l'histoire,

» Où son nom est écrit des mains de la Victoire.
» La raison, le courage, ont lancé leurs décrets
» Pour le bonheur de tous. Un prince juste et sage,
» Glorieux de régner sur le peuple Français,
» Doit sa charte en vigueur à son aréopage ;
» Et le peuple et l'armée, en bénissant son nom,
» L'environnent partout de leur reconnaissance ;
» Tout est ce qu'il doit être, et *rien* n'est rien en France

Si j'ai dit quelque chose à propos du mot *rien*,
J'ai voulu démontrer le mal qu'un *rien* peut faire,
Et *d'un tout entendu* représenter le bien.
J'avais devant les yeux de chaque mandataire
Les devoirs, les dangers, et *les séductions*
Foyers toujours actifs des révolutions,
De tous genres d'ultras les haines et les guerres,
La sourde ambition des gloutons doctrinaires,
Les feuillistes gagés par messieurs tels et tels,
Loyola s'essayant, aux pieds de nos autels,
A *Barthélemiser** ; l'ignorantin en chaire,
Jésuite déguisé sous la forme ordinaire,
Vouant à ses poignards, au nom d'un dieu clément,
L'ultra, le libéral, le trône, et la tiare,
Pour faire de la France un vaste enterrement.
J'ai voulu dénoncer le mal qui se prépare,
L'attaquer dans sa source afin de l'étouffer.

* Barbarisme du t m⁹⁹

Des saintes missions et de leur momerie,
Sages de mon pays, je vous vois triompher,
Paralyser l'intrigue, l'avide hypocrisie,
Le talent qui se vend, la basse flatterie ;
Réunir à la charte, à l'honneur, à mon roi,
Les droits innés du peuple, appuyés de la loi ;
Vous aurez fait le bien pour l'honneur du bien même.
Députés, pour avoir changé nos maux en biens,
Vous obtiendrez l'amour de vos concitoyens.
Rien sera délaissé pour ce Tout que l'on aime,
Cet admirable Tout, par vous organisé,
Dédaigné par ce *Rien*, autant qu'il est prisé
Par vous, vrais libéraux, soutiens du diadême,
Par vous, amis de l'ordre et des hommes d'honneur ;
Ennemis déclarés de *la double terreur*,
De tous les bons Français également haïe :
Et nous conviendrons tous, que *Rien* tout d'un moment
Doit passer avec lui. — Le prince et la patrie
Ne feront qu'un : — Voilà le mot de rallîment.

Il faut bien cimenter pour qu'un bâtiment dure :
Tout édifice croule ayant faible soutien ;
Et naturellement on peut de là conclure,
Que *Rien* ne vient de Rien, et s'en retourne à Rien ;
Et que la vérité, dans sa simple parure,
Fait rougir le clinquant de la vaine imposture.